われらの狩りの掟

WARERA NO KARI NO OKITE

松野志保歌集

Matsuno Shiho

ふらんす堂

目次

Ⅰ

Ⅱ

歌集

われらの狩りの掟

I

長くて短いゆうぐれに

記録的豪雨ののちの記録的しずけさの中　ひらく睡蓮

十枚の絹《サテン》を剝げばあらわれる割礼をほどこされた魂

蓮の葉をころがる水を見るうちにたちまち暮れていた幼年期

ぼくたちが心おきなく愛でられる花だった日のはないちもんめ

パンケーキに滲みるシロップ何よりもまず君は愛に耐えねばならぬ

かくれんぼ一度も鬼にならぬまま終わったあとのさびしさを言う

天花粉はたかれながら仰ぐ時どの窓も春につながっていた

花曇る天から腕がおりてきて「お痒いところはございませんか」

日蝕を見上げたかたちで石となる騎士と従者と路傍の犬と

盲いても構わなかった蝶が羽化するまでを君と見届けたなら

地には影、空にはひばりさよならを言うのはきっと僕のほうから

黒に染めあげる盤上　君をうち負かすにまさるよろこびはなく

ふたつの海からの風吹く喜望峰　希望のほかはなにもない土地

未明まで　太陽系から離りゆくボイジャーのことなど切々と

舞台上だけが真冬で千度目の死を死ぬ愚か者《ハムレット》の長台詞

まだ解けぬ君の咎めを思いつつことし最初の台風を待つ

美しい匣《はこ》ばかり買いその内に収めるものを知らぬ思春期

誰もみなふかづめの手をポケットに隠して黙す午後の教室

光年という距離を知りそれさえも永遠にほど遠いと知った

巻き戻すビデオグラムに抱擁は下から上へ降る花の中

図書室の窓辺にいつも座していた君　思春期を晩年として

この身より長く地上にあるだろう欅を植えてこころはしずか

二次関数、つぐみ、北極星《ポラリス》　君が指し示すすべてを匣《はこ》におさめた

プールのあと髪を乾くにまかせてはまだ誰のものでもないふたり

夜の水にそっとオールを差し入れて「深き淵より《デ・プロフンディス》」なんて出来過ぎ

ひとなつをレモンとレモン絞り器のように過ごして別れゆくのみ

火にくべる枯れた向日葵　幸福のなんたるかならよく知っている

青春を adolescence と記しつつもう若くないぼくらであった

出発はあしたの始発みずからの五臓六腑をトランクに詰め

われらの狩りの掟

武器を持つ者すべからく紺青に爪を塗れとのお触れが届く

硝煙の染み込んだ革手袋で涙ぬぐわれようともひとり

炙られて脂したたる肋肉《あばらにく》眺めつつふいに詩篇のことなど

わが手から餌と愛とを貪りてのち猟犬は眠りにつきぬ

鞣されて皮から革へ本当に撃つべきものはわが内にある

眼前に神あるごとく膝を折る牡鹿　日向と陰の境に

あるがままに《アル・クイア》　皮膚の下にて脈々と流れるものの色はさておき

食卓に向き合うわれらある時は獅子にもまさる飢えを隠して

「これは愛」ささやけばもう寝台の上で動けぬあわれな兎

受話器より梔子匂いたつ夜更け帝都は燃えているかと問えば

取り落とす銀の弾丸　背いてもなお愛されることにたじろぎ

ウェルニッケ野《や》に火を放てそののちの焦土をわれらはるばると征く

たおやかに船は行き交うその腹に香辛料と奴隷を詰めて

革命を遂げてそののち内裏には右近のからたち左近の柘榴

花々を血の色に塗れこの庭に正義はなくて主義のみがある

象眼の匣《はこ》にこめればからからとさびしく鳴るであろう汝が骨

着せかけるフロックコート甘噛みのあまさを知っているその肩に

あしたには狩り、狩られると知りながら芥子の咲く野で一夜ワルツを

いずこへと尋ねれば手を差しのべて「この世のほかであればどこでも」

奈落その深さをはかりつつ落ちてゆくくれないの椿一輪

曼珠沙華咲く道に肩寄せ合って地獄という名の天国に行く

琥珀茶房

水際に洗われ続ける耳ひとつ誰もが海を思わない日も

カンバスに写されてゆく洋梨と全きフォルム持つかなしみと

未踏峰すべて消えた日さむざむと風は地上を吹きわたるのみ

水槽に真水を満たし「ねえ、どんな世界でならば息がつけるの？」

剝落するフレスコの下でのそれが恋であったと言い張ってみる

死もかくのごとき甘さと言いながら口うつされる白い偽薬《プラセボ》

息の根を止めたつもりがいくたびも蘇る火喰い鳥そのほか

あしたには世界が終わると知っていてそれでもぼくらしあわせだった

主食は花　そう言われたら諾々と信じるほどに遺影はきれい

ぼくの声とどかぬ場所に湧く泉ときに芦毛の馬が安らう

もういないひとりのことは触れぬまま琥珀茶房の昼たけてゆく

終わりのある幸福な時間

荒天に釘ひとつ打つ帰らざる死者の上着をかけておくため

からたちの垣根を越えて訪《と》い来るは昼は保護者で夜は捕食者

遠花火ふたり見たこと懸命にこころをひらくまいとしたこと

みずからの棘に傷つくからたちのまろき実を手に午睡の中へ

もう長くくちびるあてぬハモニカも引き出しの奥に冷えつつあらむ

終わりあるゆえこんなにも幸福な時間ココアに落とすマシュマロ

侵しくる夕映え　王の死で終わる書物を閉じて立ち上がるとき

癒着こそ望みであったからたちに傷ついた手にわが手を重ね

この冬の部屋に唯一ゆるされた朱として飾りおく山帰来

やわらかな毛布がほしい考えぬ葦としてただ冬籠もる日は

柚子あまた浮かぶ湯に身を沈めては癒えてしまった傷をかなしむ

ベッドからこぼれた腕《かいな》この夜の闇の深さを測るごとくに

傷に舌触れる気配を感じつつ夢のもっとも深い場所へと

とめどなき夜の落花を受けとめるそのてのひらもまた花なるを

拐かすたましいひとつおそらくは香水の瓶ほどの重さか

夜明け、ふと目覚めてこころもとなさにおのが右手でつかむ左手

振り向けばいつも後ろにいるくせに世界の果てで待つと言う人

溶けながら傾くパルフェ終わりある幸福をもう怖れぬと決め

異国語のミサが果てれば会衆をひとりひとりに還す木枯らし

この手に為せることは少なく真冬日が続けば白く濁りゆく蜜

天からの恩寵として牡丹雪かつてふたりの髪を飾りぬ

ヒヤシンス花瓶にいけるもし涙こぼすのならばこの青の上

ガラス器の無数の傷を輝かすわが亡きのちの二月のひかり

旗幟鮮明

死ねと言えば死ぬ一人《いちにん》を従えて行けばいつしかあの世の花野

わが庭のもっとも美《は》しき花でさえあなたのお気に召すことはない

娶ることなきまま切れぬ剃刀で傷つけあうがごとき春秋

小夜嵐荒ぶを聞けばおさまるべき鞘を持たざる太刀をかなしむ

どくだみは白い十字のひとひらを欠く　傷ならば舐めあえばよい

傷痕はいずれ薄れる　あたたかな舌持つ獣となって幾夜を

火皿には油尽きかけわれらには長き雌伏の時こそ至福

頑是無く国ひとつ欲《ほ》るそのさまもとてもいとしく思いますから

過ぎ去ればそれも思い出まくわ瓜肩をならべて啜りたること

くちびるにあけび指にはやまぶどう愛でるは染まりやすき秋の身

隠された傷を暴けば匂いたつ朽鉄《くてつ》それさえ愉悦であった

閉ざされた砦を囲む彼岸花　覚悟であればとうの昔に

散る萩に思う父母《ちちはは》遠き日にこころ殺してこの身を産んだ

剣を取る手に折々は握らせたほおずき、金平糖、兎の仔

身の内に鬼飼い慣らす者といて吹き鳴らすその笛の清けさ

まなぶたにおとすくちづけ切り捨てた者の眼を見てはいけない

顰めっ面がふいに見たくてなよたけの姫よりひどいわがままを言う

最果てまで征服してもまだ先があると言い張るそのいとけなさ

かくも長くともに歩めどまだ知らず互いの背に負う石の重さは

月夜にはほのかに光る枯山水遂げざる謀反こそうるわしく

秋冷の水もて洗ういつの日か形見となるであろう義眼を

邪な望みを抱いても大丈夫もうすぐ雪が塗り込めるはず

落ちる場所選べぬ花よおちてゆく奈落の底で待っているから

思う人あれば月日は疾《と》く過ぎてふたたび迷い入る芒原

シテとして舞うさびしさを問われれば切岸に咲く花と答える

唐突にいくさ来たりて去りし野で死者のためには歌うな、ひばり

この世の果ての渚

暗転してここで終わりになればいいと思ったのだ
ゆうべ、ふたりで見た古い映画のように

きらきらとスパンコールを撒き散らし車は一路東へ、海へ

ひび割れた唇《くち》が夜明けに吐くだろうたったひとつの美しい嘘

風に髪乱されながら「圏外」の表示見せ合うここが楽園

血のにじむガーゼを載せてこの夜の片隅にあるキドニー・ディッシュ

身のうちの臓腑の軋み忘れたく寄せてはかえす波音を聞く

アストンマーティン大破しておりその窓にかこち顔なる月をうつして

あかるさを増していく海おそらくは最後の船がもう出たあとの

晴れわたる冬空の下ただひとり絶えざる雨にうたれる人よ

偽物の小さな海を閉じこめたアンプルひとつをお守りとして

「長生きをしよう、　波消しブロックが再び砂になるのを見よう」

疼痛を抱えて歩む　舟だったものあらわれている渚まで

ゆで卵不器用に剝くその手つき百年後にもまた思い出す

海岸線のカーブやさしくぼくたちを抱《いだ》きまたあるときは拒んで

砂浜の焚き火で煮出すマサラチャイ神からかすめ取った一日《ひとひ》に

ゆりかもめ背負いきれない痛恨を担って沖のさらなる沖へ

流木の砂はらう指　失ったものなどなにもないと言い張る

潮風は強いほどいい眼球がすこし濡れてもすぐかわくから

鼻歌など口ずさむのかいつの日かおまえのいない世界にも慣れ

わだつみの岸にこの身を在らしめて針のごとくに降りそそぐ雪

檸檬の島へ

めくるめく午睡の果ての海原に浮かぶ果実のごときシチリア

青と黄のタイルの床に背をゆだね確かめる変声期の終わり

夾竹桃ひとむらふいに騒だちて愛に滅びる者を羨む

日陰から日向に歩み出る時の眩暈にも似てマルサラ酒の香

信じる者絶えたのちにもはるばると天を御しゆく太陽《アポロ》に花を

行きつけば戻るしかない岬への道　一枝のオリーブを持ち

モザイクに閉じ込められて殺される瞬間を永久に生きる獅子たち

水平線に差し出す腕《かいな》「沈みたる船多いほど海は輝く」

追放という幸いを思うまでゆうぐれののちも明るき檸檬

無垢とカンバス

かすれゆく轍ひとすじ僕たちが愛し尽くしたのちの荒野に

その手から与えられ食んだ野うさぎ《リエーヴル》いかにも無垢という顔をして

春あさきバルコンに立つ皇帝とたったひとりの臣下のように

注釈を拒む少年この街の行き止まりごとに†《ダガー》を刻み

心とはたとえば花びら一枚の重さに傾《かし》ぐ春の天秤

陽炎のたつ坂道をしずしずとファーレンハイト氏に手を引かれ

カンバスに裂け目を入れること黒く塗ることとそれを愛と呼ぶこと

口中に桃色の舌蠢いて「あむばるわりあ」昏れやすき春

回転木馬の馬車に座すとき悪評も僕らを飾る貴石のひとつ

過ぎてゆくすべての窓に口づけてGute《グーテ》 Nacht《ナハト》というささやきを

あしたまた纏うDior homme《ディオールオム》されど君の分までは生きられなくて

凍りつきこなごなになる滝　僕らまだ見たことのないものが好き

盛装のダマスクローズ門限が近づくほどに美しくなる

飢えという長い過程のときどきはAve verum corpus《アヴェ　ヴェルム　コルプス》など口ずさみ

バスタブに満たす水銀　Eureka!《エウレカ》と叫ぶことなき余生を嘉し

それもまためぐり来る春てふてふが小惑星帯《アステロイド》を渡って行った

幾千の蓮を浮かべてゆく川のああ、この水は分かちあえる水

包帯の白さで咲ける花水木　僕のものではない痛みにも

Ⅱ

放蕩娘の帰還

絶えるともさして惜しくもない家の門前に熟れ過ぎた柘榴が

ピンヒールのブーツで萩と玉砂利を踏みしめ帰る　また去るために

玄関をくぐれば鎮座する電話　黒光りして凶報を待つ

十年ぶりに螺子を巻かれて狂いなくトロイメライを奏でる小箱

白蝶貝の釦しずしずはずしつつゴシックだけどロリータじゃない

脱ぎ捨てれば何かをつかみそこなった形で落ちる革の手袋

傷つけたいとかつて思った胸が病み衰えて息づく奥座敷

従姉妹たちが去った仏間におはじきは秋の星座のごとく散らばる

井戸水にひたせば銀を帯びる梨捨てたいほどの思い出もなく

大島や結城の下に種痘の痕ある二の腕を匿す伯母たち

木犀の花散る下にパブロフという名の犬が埋められている

言いにくいことを言いだすその前に祖母は南天のど飴をなめ

たましいなど持たざるゆえの美しさ月光に濡れ光る庭石

真夜中の厨に卵積まれいて殻の外にも内にも闇が

浴室のタイルの目地をじりじりと下から上へ侵しゆく黴

欄間より秋の夜へとこぼれゆくサティ「官僚的なソナチネ」

ことさらに顔よく洗う十字架にかけよと叫ぶ夢より覚めて

くれないのタラコはぜ割れその上で毒舌を競う朝の食卓

哄笑がうっかりあふれ出ぬようにコルセットの紐きりきりと締め

癒着した傷の下から盛りあがるうすももいろの新しい皮膚

マスカラの進化たゆまずこの面下げ生きるほかなき秋の終わりに

放浪の戦果のひとつとして耳に真珠のピアスも光らせておく

みっしりとした手ごたえを楽しんで羊羹に刃沈める真昼

秋茄子がほどよく漬かるころ祖母の遺言状に話は及び

九九と嘘覚えたばかりラメ入りのグロスをせがむ幼い従姉妹

午後の日に背を向けて座す伯母たちの足袋裏はつか汚れつつあり

レモネードの泡立ちほどのかなしみであれば明日には忘れてしまう

出立はみずからの手で祝すものへリオトロープの香をふりまいて

二時間に一本のバスを待ちながら秋風万里の一語を思う

街道沿いに立つラブホテル看板のラ・ヴィ・アン・ローズのヴィはかすれて

骨となり戻る朝にははればれと言うだろう　なつかしいふるさと、と

シュガーレス

最後の魔法のおかげで世界はとても綺麗です。
私は生きている間。時々、一瞬だけとおくをかいま見ることができました。
結局そこに行くことはできませんでしたが、でも、ここも、とても綺麗です。

『八本脚の蝶』二階堂奥歯

降る雪の向こうに膝を折る獣　そうね、最後はそんなふうに、ね

かたくなに座り続けた回送を告げる最終列車の隅に

たぶん世界の真ん中にある銀の耳わたしの悲鳴など、聞かないで

この掌の礫《つぶて》の無力ほろほろとアイスクリームの上のアラザン

ひとつではきっと危うい論文のバックアップも生きる理由も

終わりへの道は蛇行し途中にはうすずみいろのさくらも咲いて

髪を切る、という天啓そびえ立つチョコレートパフェ攻略中に

掌にふるえる小鳥　名付けよと言われたときの畏れは今も

梔子の香りのトワレをひとしずく　大丈夫、まだ、生きていけるわ

刺草のようなわたしを抱きしめて傷ついてゆく人を見ている

螺旋階段のぼりつめれば眼下にはわたしの主のいない世界が

いにしえの王妃フェイドラ暴かれぬ秘密ひとつを後生大事に

ゆうぐれの古書店　書架のかたすみに世界を滅ぼす言葉を隠し

こんなにも安らかな胸いつだって終わりにできる世界と知って

ムービングウォークの切れ目　苦しみに噛み砕かれた奥歯を拾う

上がりゆく緞帳は夜の海に似てプリマドンナの死を見届ける

医師が持つメスの煌めき取り返しのつかないことをこの身にどうか

グィネヴィアやがて世界が暮れるときかそけき歌をさきぶれとして

ものとして扱われたのちおとずれる椿油《つばきゆ》のような深い眠りが

今年最後の苺と言って食べたのがこの世で最後の苺になった

手放して風にまかせる最終稿わたしが死んで世界が残る

さかさまに墜ちてゆく眼に朝焼けの街この色を伝えたかった

たそがれの国の植物図鑑

葛の花踏みしだきつつゆく道に滅したはずの私《し》が蘇る

楽章にたった一度のシンバルを鳴らせば満開となる白萩

吾亦紅抱えたたずむ弟を外に残してカーテンを引く

酸漿をいくたび口に含んだらそんなにうまく嘘がつけるの

一本のトウヒであった日の風の記憶をはらみ鳴るヴァイオリン

いくたびも季節はめぐるとも兄の墓の前には常に冬薔薇

古稀過ぎて祖父の羽裏に今もなお獅子とたわむれ咲く寒牡丹

廃線の枕木の間《ま》にうつむいてかくも寡黙な喇叭水仙

茶席にはそしらぬ顔で水責めと火責めののちに咲いた椿を

蓬の葉茹でて砕いてこねながら祖母は架空の不義を語りぬ

ひびわれたホームに菫　何本の最終列車を見送ったのか

毒芹を摘んで帰って叱られた姉が殺したかったのは誰

篠懸の並木の果ては遠いのにもう終わりそうな聖句暗誦

窓という額におさまる花水木　誰も彼女の声を知らない

爪に薔薇描けばふいに遠い日の引き損なったトリガーのこと

廃駅の菩提樹　風に揺れながら生きて在ることにおののきながら

オリーブの枝を火にくべ咽び泣くもっとも古い記憶の母は

別れてはまた会う人と手をつなぎナンジャモンジャの花を見にゆく

窓辺には緋のアマリリス砂糖水だけで育ったという顔をして

傷と傷触れあわせつつ眠るとき夢にたわわなゆすらうめの実

空爆ののちの都の辻ごとに立つ高札のタケヤブヤケタ

鈍色の始発のバスにサボテンとだるい体を運ばせている

稜線に葉をひるがえす楡としてひとりで生きてひとりで死ぬわ

ワライカワセミが言うことには

晩餐会の招待状が届いたよドレスコードは裸だったよ

二割増しきれいな自撮り送ったら半島《ペニンシュラ》という名のホテルまで

ババロアに沈めるスプーン誰もみな笑いの薄さを競いあいつつ

四匹の仔猫を飼って名付けるの「あり」「おり」「はべり」「いまそかり」って

病む人の窓辺に虹をかけようと水撒きつづけ終わる休日

お辞儀して顔を上げたら海だった（君は見たはず）満ち潮だった

滾々と汲めども尽きぬ言い訳を　チェシャ猫みたいな三日月の下

思い出はとうにぼやけて今はもうほほえみだけのようです　敬具

素足にはきららなす傷　星々を踏んで踊った宴は果てて

木管《もっかん》楽器に貼る温湿布もう長く笑わぬワライカワセミのため

エレクトリック・エレクトラ

羊歯類の繁る夜更けの電網《ネット》には燦然と亡き父の悪名

すべきこと他になければ復讐に捧げて悔いぬ一生《ひとよ》と思う

くちなわをことに憎みし母なればくまなくひかり満つ石の庭

サルベージされぬ言葉を抱きながら未明冷たき死者のパソコン

噴水が濡らす両の手　父の血に染めざることをきりきり悔やみ

時が満ち丘の上にて立ち枯れる楡「そんなふうには死なせない」

おのが子に焼きはらわせるため父が営々と築き上げたる伽藍

弟に送る最後のメールには「生き延びて、世界の果てを見て」

編まれゆく葡萄唐草 web 上に死者が残した痕をたどれば

無花果を剝きつつ許す父が母犯して生まれきたるわが身を

あてどなく闇に触手をのばすとも接続はついに叶わぬ願い

ふたたびの至福千年　父の詩を紙魚《しみ》が食い尽くしたそののちに

予感

薔薇の咲く角を曲がればその先にあなたの好きな永遠がある

たくさんの吐息を受けてゆれたのちまた重力に従うリボン

峡谷をトロッコ列車で運ばれゆく今日のわたしの名前は緑《ヴェルデ》

月並みなしあわせよりも王様の不幸を選び編む花冠《はなかむり》

ラプンツェル黄金《こがね》の髪を降ろしゆく暗い水沼《みぬま》の底の世界へ

硝煙の香の混じる茶をかきまぜて「所詮たいした罪じゃなかった」

つつましくつつまれている角砂糖この頃見ないもののひとつに

礼拝堂に集う少女ら今日ついた嘘の数だけ塩キャラメルを

まだ来ないアリスのために煮込まれてまた混沌に近づくスープ

こなぐすり咽喉《のど》に落としたのち三度《みたび》「ふるえつつふる雪」と唱えよ

そそがれる愛にたちまち慣れきってもう俯かぬ窓辺のダリア

足どりをよろめかすこの北風は砂丘を砂丘たらしめる風

もう一度死んでほしいと言いたくてでも言えなくて切り絵のイエス

一大事にまつわる些事として首の真珠の糸のかすかなゆるみ

さっくりと無花果いさぎよく割って「はじめなければ終わりもないの」

舌裏に錠剤溶かしつつ揺らすブランコそれも朝までのこと

ともすればかすれるアリア大輪の百合のうちなる闇を覗けば

百年を待ったのだから木犀の下この次の百年も待つ

アムネジア

風を斬り風に斬られてなおも飛ぶ一羽よおまえは死後もハヤブサ

少しだけ血の混じる水　薔薇であることを忘れてしまった薔薇に

ではこれがわたしのこころ　卓上の日だまりに林檎ひとつを残し

降りそそぐ光（それとも小糠雨？）羽化することを拒む蛹に

陽と陰を交互にくぐるバス　みんな真珠を口に含んで静か

暮れてゆく琥珀茶房の窓辺にてユルスナールはわたしの従姉妹

夕立に少しふやけて約束になりそこなった一枚の地図

水でないものをたたえたみずうみのおもてふるわすための音叉を

夜も実を落とす林檎の樹の下にいいえ、わたしはいませんでした

血と水

空を裂く冬の梢よその先に刺さる月こそわれらの故郷

辛夷咲く誰の耳にも届かないいまわの際の絶唱に似て

とことわに読みさしておくエリアーデ蝶のかたちの栞をはさみ

今生で添えぬ者たち春あさき浜にガラスの欠片を探す

遠浅の海でふたりはたどり着くことも溺れることもできずに

俎上にておのれを腑分けする手付き案外あっけらかんとしている

きらめく不幸が地には足りなくてビルの上から撒く紙吹雪

先をゆく背を追う至福エウリュディケ道果てることのみを怖れて

一弾の余韻はるかに響かせて暗喩の森に鹿は倒れる

闇夜には匂いばかりの薔薇としてわが傍らを歩む者あり

内耳その精緻な仕組み思いつつコルトレーンのサックスを聞く

血より濃き水あり今宵さらさらとさくらの幹を遡りゆく

のぼりつめ昼月を食む告天子のぼれば降りるほかなきものを

前《さき》の世のついの景色かゆらめいて水の下より見る花筏

あとかたもなく消えるのがのぞみだと言った四月の雪を見ながら

Ⅲ

桜のある風景

みなそこのさくらよさくら海が陸《くが》はげしく侵し尽くした春の

花の降る真昼　無人の校庭の蛇口はみんな上を向いてた

感光という過程経て灼き付ける淡い桜の下のほほえみ

骨よりもしろい桜の咲く下でひとりは死者のはないちもんめ

精進の七日七夜はほろほろと花を象《かたど》る干菓子を糧に

よびかえす魂ひとつ花よりもかろき衣を着せかけてやる

澄みきった酒に映して愛でるべしこの世の者はこの世の花を

花と散る、ことは叶わぬ身があまた花のもとにて酔いどれている

同じ花見上げるたったそれだけの縁を結び別れゆく午後

ゆうぐれは繊《ほそ》き指もて咲く花のひとつひとつに灯をともしゆく

花冷えが染みるはこの身が生きてあるゆえ深々とフードを被る

ひたひたと満ちるかなしみ極まりて咲き出す花、ということにする

花曇りなれば人みな薄い影引きずりぐぐる霊園の門

変声期半ばの声が歌うときさくらさくらは散りやすき花

連綿と桜を守る一族のありて伝わるひとふりの斧

秀でたる額を持てば花の下歩むは神の花嫁のごと

夜の帳、花の帳の内にしてついに遂げざる神々の婚

おそらくは踏むことのない稜線に年ごとに咲く山桜あり

満開の花を指さす男の子「この木、きょうはさくらなんだねぇ」

生きよとも死ねとも言われずガラス越し嵐に揉まれいる花を見る

ふるさとは遠くにありて火事の中　霏々とくずれてゆく花の中

海に散る桜ながめたその日から心は今も沖をただよう

たちまちに移る季節のただなかで死者と眺める今年の桜

アスファルト濡れてはりつく花びらのひとつひとつの命と思う

常世から

地震《ない》過ぎてふいに思うはそのかみの稗田阿礼のうすきくちびる

千年のちの緑響《とよ》もす春かつて語り残したことを語れよ

さやさやと風吹きわたる野辺　神が現れて身を隠したのちの

国稚《わか》く浮きし脂のごとき日々ありて脂のごときやすらぎ

朝露をまとう若葉をその言葉ひとつだに伝わらぬ神にも

国生みを語るは国を生むよりもあるいは心躍る務めか

生み直すことは叶わずとも語り直せば同じことと微笑む

子の数に入らぬ水蛭子《ひるこ》葦舟で流されたその行方は知らず

それでも確かに生んだのだから流されていったのは我が心の一部

その裔《すえ》は絶えて語りしことのみが連綿と残るもあわれなれ

後の世の誰かが鈴の声音もて語るであろうこの災厄を

眼を閉じた後に

処女《おとめ》らを東へ運ぶ無蓋貨車　精緻なダイヤグラムに沿って

夜明けには息絶える子にひとつぶのドロップ握らせた手の白さ

少年が唱える地名テレジエンシュタット小鳥の囀りに似て

彼方にてふるわれるとき暴虐はふとおそなつの花火とも見え

伝言ゲーム「クレマトリウム」さざなみは口から耳へ耳から口へ

蝶捕らえまた放ちやるあの日から死にっぱなしの兵士のために

今日もまた列車は東へ「知らない」と「知ろうとしない」の狭間をぬって

銃口の前に立つ日もおそらくはガゼルのようなまなざしをする

見殺しにした者たちの責める声あふれ出る千の花の内より

颪に耳そよがす兎ラジオから流れる死者の数にも慣れて

捧げ持つ朧盆の上冷えてゆく人の一部であった何かが

酢の瓶にひかりは満ちぬ一滴の血も見なかった惨劇の果て

スピードを増す帰路の貨車　処女《おとめ》らをあまた降ろして身軽になれば

封鎖都市、希望ラヂヲ、午前二時

咲き誇るさくらの国に住むわれらみにくき者はみな敵として

「殺せ」とはついぞ言わずに「備えろ」と叫び続けるDJ MIZUHO

ゆるゆると締め上げられて息絶える都市の咽喉輪《のどわ》の環状道路

吹きすさぶ嵐の庭のもみじ葉の幾歳われら虐げられて

心あてに撃たばや撃たむ初霜の中にひそめる白衣の敵を

この都市の誰もが美《は》しき輪郭を持つ日あり飢え極まる前に

しのぶ草踏みしだきつつ行く野辺に奴らを庇う者もまた敵

ねがわくは花の下にて大輪の大義のためにうっとりと死ね

百鬼夜行のいちばんうしろ

うしみつの眠りの際をにぎやかに過ぎる足音、笑い、衣擦れ

隣人は二口女　昼も夜もふたつの口で口説かれている

八百比丘尼もう永遠に倦み果てたそこが永遠のはじまりだった

ゆうぐれの路地の入口「ぬらりひょんここより立ち入り禁止」の札が

仏壇に牡丹餅ふたつ小豆とぎがよくよくといだ小豆を炊いて

遠ざかる百鬼夜行の最後尾あれはまぎれもなく人だった

Parade must go on

移動祝祭日という言葉を初めて耳にしたとき、
思い浮かべたのは「祝祭」が移動するイメージだった。
移動遊園地やサーカスのことが頭にあって
そこから生まれた勘違いだったのだろう。
「日付が前後する祝日」という
本来の意味を知ったときは少しがっかりした。

街道を町から町へと進むパレード。
彼らがやって来ると、人々はすべての仕事の手を止める。
音楽、酒、花火、屠られる獣。
町はふいに訪れた数日の祝祭に酔いしれる。

紙吹雪降らせつづける　明日には屠る獣の眠りの上に

始めよう僕らメリーゴーラウンドの青い陶器の馬にもたれて

手から手へ渡されるたび輝きを増す聖体のごときオレンジ

さざなみのように話して旅人よあなたがあなたになるまでのこと

広場では花を撒きつつ馬鹿者と大馬鹿者が夜通し踊る

虚空から薔薇を取り出すその手つき望んだものにはなれなかったけど

ゆびさきの花火の匂い嗅ぎあって僕ら健全ではいられない

帽子から飛び出す鳩とペガサスを見届けあとは眼を閉じるだけ

やがて彼らはにぎやかに去り、再び平穏な日々が始まる。

パレードを追いかけてゆけば永遠に祝祭の中で生きられるはず

あくがれいづる

川の辺を夜ごとさまよい訪ねるはあくがれいづる魂《たま》の行末

螢火をつつみて光る遠き日にただ一度だけ触れたてのひら

ほたる呼ぶ声は夜道の向こうから千年前の川の岸から

駆けてゆく少年ひとり螢獲てかわりに何を失ったのか

指先に螢　その手が与えるはこよなく甘い水であるゆえ

もはやもの思わぬ夜に見る夢のいくさののちの野を飛ぶ螢

死ののちは螢と化してかの人の視界を過ぎる　そう決めていた

螢見のあまたの人ら百年ののちはひとりも地上におらぬ

愛された記憶はるかに辿りつつ螢の沢に踏み入る夜更け

暗きより暗きに入りぬ先を飛ぶほたるひとつを道しるべとし

痛みのない時間がきて

近松門左衛門「曾根崎心中」
『近松門左衛門集2』（小学館・一九九八年刊）所収より

この世のなごり　夜《よ》もなごり
死にに行《ゆ》く身をたとふれば、あだしが原の道の霜
一足づゝに消えてゆく　夢の夢こそあはれなれ

命なきこの身をあわれ抱きしめて死んでほしいと囁いた人

眼を閉じて口うつされる金平糖そんな男はやめておきよ

まなじりに引く艶紅《ひかりべに》わが身にはかからぬ魔法かなしみながら

心ならもう決めていたくるぶしに夜露と草の香を纏わせて

胡弓絶え風の音のみ残るときわが恋う人は星の数ほど

海近き川面はくらく沈めてもしずめてもなお浮かぶ言の葉

歌も多きにあの歌を　時こそあれ今宵《こよひ》しも
歌ふは誰《た》そや、聞くは我

雲間よりさす星あかり泣きながらこの身を遣う者の上にも

川を下る早舟よりもすみやかにわれを裏切るのはわが言葉

糸切れて横たわる琴どのような醜態も許される座敷で

翻す緋の袖こころなどという不純なものは欲しがりもせず

眼《まなこ》もくらみ、手も震ひ、弱る心を引き直し
取り直してもなほ震ひ、突くとはすれど、切《きっ》
先《さき》は　あなたへはづれ、こなたへそれ

運命の刃の前にさらされて脈打ちながら透きとおる喉

苦しみもあまさず味わい尽くすからひと思いには殺さないで、ね

流れ出す血はすみやかに混じり死も朝もふたりを分かたなかった

死せる魔王のためのパヴァーヌ

君逝きて君の紋章のみ残る廃園にまた咲くジギタリス

母を弑し母国滅ぼしたまかぎる夕べ母語のみわれに残りぬ

遠景に縄跳びの少女老いてなお描きつづける全き円を

叛くべき王の不在に指傷め編みあげる刺草の王冠

葬列は手に手に音叉捧げ持ち薄氷のみずうみを渡りゆく

もろともに堕ちたき天使一人《いちにん》を秘すギュスターヴ・ドレ版画集

人はみな剣《つるぎ》おさめる鞘軋みつつ終電に運ばれゆけば

梔子の香る寝室　前《さき》の戦と先の戦のあわいに浮かび

さらばとは男の言葉さればこそ黙して黒い口紅をひく

飛行船の腹を見上げる誰もみな喉笛という急所を晒し

完膚なきまで乾ける死海くちびるは塩に傷つきなお愛を乞う

放射能帯びる聖母子《ピエタ》像に捧げるはみずからの身を売って得た花

実るはときに散るよりさびし指先を葡萄のむらさき色に染め上げ

身籠るも身罷ることも真夜中の電話ボックスほどのあかるさ

煉獄をともにめぐりしたましいのごとく窓辺に白磁は光る

愛国を口にするとき缶詰の中にひしめく燻製の牡蠣

後の世に語り伝えよ立ち尽くす尖塔のごとき詩形ありきと

希う皐月水無月逝く前に世界を滅ぼす言葉をどうか

Ⅳ

綺麗事

思いつくいちばんむごいことをして若木のように受けとめるから

半日を日向に置いたペティナイフ皮膚にあててもつめたくはない

ハーブティーにとかすはちみつひと匙の慈悲それで人は生きられるのに

無傷であることに傷つく葉桜の下あたらしい帽子を被り

沖をゆく船ことごとく外国《とつくに》の美《は》しき女の名を持つ夕べ

短夜に君が語った綺麗事そのきれいさを愛していたよ

手袋はなくしてもいい寒い日は巴里を燃やして暖を取るから

黒白《こくびゃく》の寄木細工のチェス盤をはさむ今宵はまた敵として

アスファルト冷えてゆく夜半ふたりして花散る音をたしかに聞いた

いつの日か思い出すための旅ならばひまわりのないアンダルシアへ

グラシンのはんとうめいの封筒に開戦記念の切手一枚

おそらくはぬかづくことを知らぬまま終わる額《ぬか》にもひかりは射して

くちびるを押しあてられたその日からわが傷跡を花と信じる

小川には小さな木橋がかけられて心はそこを通っていった

マロングラッセ食みつつ思うこんなにもあまやかされている幸いを

風はらむために生まれた羽をもて今宵はつつめ他者の眠りを

渇きたる人つぎつぎに膝を折り口づけてゆくその濁り水

花の名をすべて忘れるその春も惜しみなく花は降りそそぐだろう

空と海が曖昧に混じりあうところ神の無力もゆるされている

陶器市いずれ壊れるものたちは日暮れほのかに朱《あか》をたたえて

センチメンタルガーデン

廃園にその夜ありにき溶けあってなお交わらぬ一人と一樹

樹が人を恋い慕う春こんなにも大気に花粉満ちて漂う

花冷えの庭を歩めばそこここに二重螺旋のほどける気配

感受する器官を持たぬ青年に辛夷の花粉運ぶ西風

翳りゆくレンズのうちに細胞のアポトーシス《自死》見届けたこと訥々と

花粉の黄に汚す指先　強引に花と花との婚遂げさせて

風や虫たち介さなければつながれぬことをかなしみ梢をのばす

風媒ののち青年が身の内にはぐくむ花梨の実のごときもの

樹のように育つ不在にそそぐ水　白い十字の花咲かすまで

いざ今宵かぎりの花をあしたには焼《く》べられ汝が身をあたためるゆえ

後の世も汝が枕辺に立ち尽くし花を零せる一樹とならむ

ただひとたびの春

蛤を湯に沈めるは春泥に靴を汚して来る人のため

漆黒のタイをほどけば快楽の装置であることから逃れ得ず
鍾乳洞の闇ほのじろく時を経て美しくなるものも稀には
引き裂くにまかせた胸の傷からはやがては朴《ほお》の花も咲くから

ポケットにしのばせておくまだ誰の涙も吸っていない手巾《ハンカチ》

はらはらと舌に崩れるマカロンの甘さ再び死者の名を呼ぶ

モビールの白鳥の下　人生をあやまったのは、そう、ここだった

この部屋に続く砂利道踏むたびにやわらかくなる足裏であれ

漂白剤に浸すワイシャツ武器よりもやさしさを以て苛んだのち

夜の窓磨きぬかれて眼球が朽ちた後にも残るまなざし

白磁には白湯たっぷりと満ちていてア・カペラのまま過ぎてゆく春

功罪の功より罪を愛しつつ琺瑯鍋に煮詰める苺

うつ伏せの背は月光に濡れながら傷の占めたる位置のたしかさ

ほろにがいヌガー含ますあしたには有罪を告げるその唇に

打ち上げられたふたつの体この部屋を世界の果ての渚となして

傷ひとつひとつにまつわる物語流してぬるい夜明けのシャワー

ああそんな日もあったねと語るためともに過ごした春であったか
ひそやかに卯の花腐《くた》す雨の音たどりつけないコーダに焦がれ

花刑

みずからの手で荊冠を戴いて始める刑期のごとき治世を

女より男と、男よりも剣と寝ること好みたまえり皇子《みこ》は

兵士らの羅紗のマントは暖を取るためならず風にはためかすため

朽ちかけた扉に装飾文字かすれ「ユニコーン狩のため不在也」

増えすぎた鳥は殺せと触れを出すとき権力ははつかに楽し

瑠璃杯に吐いた葡萄の種そして詩になりたくてなれぬ言の葉

水を越え渡りくるときことのほか透きとおる人の声もリュートも

おそらくはひとり老いるという予感　雪花石膏《アラバスター》の裸身をなぞり

ふところに銀貨冷えつつあり市に美《は》しき奴隷を求め来たれば

樹の花のこぼれるかぎりをつつましき領土となして生きたかりしを

殺めるに刃物はいらず微笑みと「死ね」の一語を与えればよし

皇女《ひめみこ》が孕みたるもの　あかときの薔薇、夏柑子《なつこうじ》、真珠の類

たやすくは浄めたもうな花よりも美《は》しくその身を飾る咎ゆえ

魂を苛む千の方法を秘めて静もる王の図書館

何度でも裏切ればよい欺いて手にする花の香しければ

足跡を砂丘に刻む　贄としてついに選ばれぬかなしみを抱き

摘み取るはセージ、カミツレ、ニガヨモギ　明日は流刑の友思いつつ

おのれさえ統べがたき夜は地下室に醸されてゆく火酒を思う

火の中に崩れゆく花ああ何に殉じるというわけでもなくて

帝国の「帝」が滅びてそののちはただ国のみがだらだら続く

狼を飼う

死ぬ時も腕《かいな》の中にいるだろう一匹に血のしたたる肉を

寒波へと踏み出す　僕の心臓を食べて育った狼を連れ

それもまた道行に似てわが髪と獣の背《せな》を六花が飾る

みずからの熱をかなしむ　てのひらに長くは留めおけぬ風花

飼われても飼い馴らされぬものといて言葉はすでに岬の遠さ

かじかんだ手もて愛撫を鎖から解いても傍で眠る獣に

身のうちの骨しらじらと死ののちはおまえの顎《あぎと》に嚙み砕かれる

やわらかな冬毛撫でては雪原を褥《しとね》に生きるものを羨む

一匹とひとりの眠り遠からず尽きる焚き火に照らされながら

心臓に牙を受けつつ繰りかえし「おまえは死なない」と囁いてやる

めぐり来る真綿のごとき安息は神には七日目ぼくらには死後

銀河のほとり

ジョバンニが拾う活字の冷たさに牡鹿のごとく秋は来ている

さいわいを見失う日もかばんには露草色の目薬を入れ

黒板に消し残された軌跡もう二度と交わらない星々の

校庭にきっぱり引かれた白線で放課後のふたりは隔てられ

冷えてゆく指で拾うはぬばたまの活字すなわち他者の言の葉

もういない君の傍《かたえ》に咲いていた花の名こそほんとうのさいわい

この夜のたったひとつの大切な荷として手中の林檎の重み

みずからの色で装う花々を映し静かな銀河のほとり

河岸の足跡　少し前、いいえ千年前ここを通った人の

歳月の腐食を受けて銅板になおあざやかな死者のほほえみ

角灯《カンテラ》をともすは長く肉体と旅するだろうたましいのため

林檎の香のみが記憶にのこる旅終わり地上の秋は深まる

そして黎明に至る

思わざるときもわれあり少しずつ揮発してゆく香水の瓶

たまさかに革のリードで結ばれて坂道を行くこの身と犬は

百合あまたうつむく花屋　応《いら》えのない発語ののちのさびしさをもて

梢には翼持たざるもの集い「せかいはこわいところだったね」

正装の一群　野外劇場に生ける屍の死を見届ける

思うさま苛まれたのち冴え冴えとテノールが歌い出だせるラルゴ

いつの日も断崖の際にあるごとくつま先立ちで踊るダンサー

ああ誰も引き揚げないで地中海サン＝テグジュペリの永久の回遊

天上の愛そして鷹　高みから狙われわれらなすすべもなく

容赦なくわれを断罪する者のある夜は兄のごと慕わしく

旧式のオーブンの中じりじりと焼かれる林檎と詩人の頭蓋

美しく生まれたことの不幸など言いさしてパイにフォークをたてる

晴れやかに少年は発つそのあした穢すに値する神を得て

鳥刺しジャン過ぎたるのちの野原には声のみの鶸《ひわ》、雲雀《ひばり》、鵯《ひよどり》

それぞれの孤独を愛し抜くという答えにたどり着く頃に、朝

ミルクティー色の毛布はたたまれて獣のいない檻に陽が射す

散る薔薇に例えないでと言いながら倒れたローザ・ルクセンブルク

この朝の完膚なきまでに濡れているたとえば雨の中の噴水

君を捨て発ちゆくからはいつの日か世界の果てに咲く花を見る

枯野行

歌滅びそののちの春　曲水を流れながれてゆく緋の扇

もやい綱みな解いてゆく最初からゆるされていることに苛立ち

野に置いたガラス一枚傷ついて砕けるまでをわが春と呼ぶ

くちびるに歌　手には花　足元に死屍累々の古道を歩む

藤棚の下に集うはたましいを入れて重たき五月の体

臓腑よりあふれ出たもの白藤の根を侵すころ真昼となりぬ

菖蒲湯に身をゆだねれば確かなる輪郭を取りもどす魂

押しのけた海の形でしずみゆくはるかな夏の機体と人と

朴《ほお》の樹に大輪の花灯るたび「ちめいてき」とささやく声が

祭壇に絶やさぬ檸檬あの夏に生まれなかったものたちのため

発熱のきわみにあれば午前二時ベクシンスキーの画集を開く

＊＊＊

歌滅びそののちの秋　玉の緒をやどすしらつゆ薙ぎ払いつつ

たやすくは変わらずにあれ娶るとも地震《ない》にはげしく揺すぶられるとも

手から手へ渡されていく抹茶碗もっとも長く生きるのは誰

暮れ果てて野をゆくときのつれづれに口をつくもの　歌とはならず

さみだれのごとき草書の文字「むかし業平橋てふ駅ありけり」と

野辺に伏す一群《ひとむら》の萩　客死こそもっとも羨むべき死であれば

紅葉が世界を侵すその前に拙速に愛を告げてしまえよ

くきやかの一語がふいに使いたくフロイト邸に冬薔薇を見る

堕落とは何かと問えばつまを詠むこと天国に行きたがること

聖域《アジール》と口にするときはるかなる沖に生成の帆はひるがえる

フラスコに汲める若水日々ながめ濁りの最初の兆しを探す

主亡きのちの枯野に吹く風はいずれこの身を笛となすまで

白鳥は夢から醒めてまた次の夢へと入りぬ淡雪の中

あとがき

本書は『モイラの裔』『Too Young To Die』に続く、私にとって三冊目の歌集である。二〇〇七年から二〇一五年にかけて、同人誌「Ｅｓ」と歌誌「月光」に発表した歌を中心に五四三首を再構成して収めた。第三歌集の準備に取りかかってから、あれこれ弄りまわしてはしばらく放置するのを繰り返しているうちに五年が過ぎてしまったが、なんとかこの手から飛び立たせる日が来てほっとしている。

今回、Ⅱ章には少女性をテーマとした歌を、Ⅲ章に題詠や実験作、挽歌などを、そしてⅠとⅣにそれ以外の歌をまとめた。第二歌集を出して以降、「ＢＬ（ボーイズラブ）」というキーワードとともに作品を紹介していただく機会が何度かあった。そうした視点やモチーフが私にとって重要であるのは間違いなく、一方で、できあがった歌にどれほど反映されているのか自身ではよくわからず、それをそのように読み解き、楽しんでもらえるのはありがたいことだと思う。同時に、私の歌を読むのにＢＬに関する知識は必要ないし、ＢＬとして読むことを強制するものではないということも書き添えておきたい。私にとって歌とはずっと、失われたもの、決して手に入らないものへの思いを注ぎ込む器だった。それが、この歌集を手に取ってくださった人が抱え持つ喪失や希求と響きあうことがあればと願うのみである。

最後に、「第三歌集を待っている」と言って、ともすれば怠惰に傾きがちな私の背中を押してくださった方々にお礼を申し上げます。

二〇二一年二月

松野志保

松野志保（まつの・しほ）

1973年、山梨県生まれ。東京大学文学部卒業。
高校在学中より短歌を作り始め、雑誌に投稿。
1993年、「月光の会」（福島泰樹主宰）入会。
2003年から2015年まで同人誌「Es」に参加。
第一歌集『モイラの裔』（2002年　洋々社刊）
第二歌集『Too Young To Die』（2007年　風媒社刊）

歌集　われらの狩りの掟　われらのかりのおきて

二〇二一年四月三日　初版発行
著　者——松野志保
発行人——山岡喜美子
発行所——ふらんす堂
〒182-0002 東京都調布市仙川町一―一五―三八―二F
電　話——〇三（三三二六）九〇六一　FAX〇三（三三二六）六九一九
ホームページ http://furansudo.com/　E-mail info@furansudo.com
振　替——〇〇一七〇―一―一八四一七三
装　幀——和　兎
印刷所——三修紙工㈱
製本所——㈱松　岳　社
定　価——本体二六〇〇円＋税
ISBN978-4-7814-1350-1　C0092　¥2600E